Les Celtigans

ISBN 978-2-37133-230-0

Mise en page : Camille Le Roux
Impression Printcorp, UE.
Dépôt légal : 4e trimestre 2019.

www.beluga-jeunesse.com
www.coop-breizh.fr

Nicolas MITRIC

Les Celtigans

#2 La Côte de Granit arc-en-ciel

Beluga

Chapitre 1

Carnet de Knots

— Noisette ! Noisette, reviens tout de suite ! Rappelle-toi ce que te dit toujours papy Luhann : les plaisanteries les plus courtes sont les moins longues !

Breizh poursuit depuis de longues minutes le plus célèbre facteur de la forêt de Brocéliande, et cet écureuil est un sacré farceur.

— Je sais que tu as parié avec tout le monde qu'aucun destinataire de colis ne serait capable de t'attraper, et je sais que tu n'as jamais perdu… Alors pourquoi t'obstiner à me faire courir ?

Le jeune Celtigan a beau être le meilleur grimpeur aux arbres de son peuple, son agilité ne peut rivaliser avec celle du rongeur tout roux, malgré la hotte à courrier qu'il porte sur son dos. Totalement en sueur, le lutin aux cheveux bleus est sur le point d'abandonner lorsqu'il aperçoit le nom de l'expéditrice du paquet :

— Mais ? Ça vient de Zalex l'orFéevre !

Il a rencontré cette jolie fée blondinette une semaine plus tôt à Lorient, lors du plus grand festival de musiques et de danses celtiques de Bretagne. Ensemble, ils ont vécu une sacrée aventure et c'est d'ailleurs à ce moment-là qu'il est devenu le gardien du Cœur de la Nouvelle Table Ronde. Au moment de se quitter, son petit cœur s'était mis à battre très fort… car il était tombé amoureux d'elle.

Alors, quand il découvre que le colis vient de sa part, il est encore plus pressé de l'avoir en main. Mais, au lieu de s'énerver, comme il l'a toujours fait par le passé, il arrête sa course, inspire profondément et se concentre sur le bracelet tressé en écorce de chêne qu'il porte au poignet droit. Une lueur de plus en plus grande apparaît autour de lui et son sceptre, surmonté de l'AkenOr, apparaît. Le précieux gland en or concentre toute l'énergie magique de la légendaire forêt de Brocéliande. Breizh le brandit pour déclencher son pouvoir, et de jeunes pousses de chêne, le roi des arbres, se mettent à sortir de terre. Elles s'élèvent à toute vitesse en direction de Noisette. L'écureuil a tout juste le temps de rebondir sur un tronc pour éviter qu'elles ne s'enroulent autour de ses pattes arrière. Le lutin n'a pas dit son dernier mot : il fait tournoyer son bâton, et les mini-lianes changent instantanément de direction tout en faisant des torsades. Elles grandissent de plus en plus vite et bientôt le rongeur est cerné de toute part. Il s'immobilise, son cœur battant la chamade.

— Abandonne, mon ami. Reconnais que pour une fois, tu as perdu ton pari ! lui intime le lutin, plutôt fier de sa victoire.

Noisette redescend du sommet de l'arbre où il s'était retranché. Même s'il ne sait pas parler, sa mine boudeuse en dit long sur les sentiments qui lui traversent l'esprit.

— Allez, sois bon joueur et dis-toi que grâce à moi, tu as découvert quelque chose de nouveau : la défaite ! lui dit le Celtigan, d'un air amusé, tout en tendant sa main vers l'animal.

L'écureuil attrape dans sa nacelle la boîte tant convoitée et la lui remet. Tandis que le rongeur repart dépité, Breizh lui lance :

— Et n'oublie pas que tu me dois un gage, à présent !

Sur le chemin le ramenant vers son village, le poulpiquet, toujours aussi impatient, ouvre son cadeau emballé dans des feuilles d'érable séchées. Il y découvre un magnifique recueil, dont la couverture est entièrement faite d'entrelacs de fils d'or. Son titre : le *Carnet de Knots*.

Il reconnaît là l'incroyable talent de son amie la fée. Elle est en effet capable de tisser des bijoux grâce à ses deux baguettes à tricoter magiques. Ce qu'il découvre à l'intérieur le fait sauter de joie.

— Oh, mais c'est génial ! Sur chaque page, il y a le dessin d'un nœud celtique différent, et aussi les paroles des chansonnettes pour se rappeler comment les faire… C'est le plus beau des cadeaux !

Voilà quelques jours, il n'aurait jamais dit ni même pensé cela. Grand fan du roi Arthur, son rêve absolu était de posséder Excalibur, sa fabuleuse épée. Mais il a renoncé aux armes afin de devenir le nouveau disciple de Merlin, et désormais il ne pense plus qu'à « réenchanter le monde » grâce à son sceptre magique.

Zalex l'orFéevre lui avait montré comment tirer avantage du pouvoir de l'AkenOr lors de sa première aventure :

— Si tu noues entre elles les tiges des jeunes chênes que tu fais sortir de terre, elles deviennent beaucoup plus résistantes, lui avait-elle révélé. Chaque nœud possède un pouvoir particulier. Je te conseille de commencer par apprendre le triquetra, le nœud d'éternité. C'est le plus simple à faire, mais un des plus puissants. Pour le réaliser, imagine que tu dessines trois poissons qui regardent dans des directions différentes, lui avait-elle conseillé, avec une infinie gentillesse dans la voix.

— Celui-là je le connais bien, il y en a beaucoup de sculptés sur les maisons de notre village de Pommes-de-Pin, avait lancé le Celtigan.

— Parfait, avait répondu la fée, avant de poursuivre en pointant la boucle de ceinture du lutin avec une de ses baguettes : Je vois que les triskels te sont déjà familiers... Tu sais que la spirale est un grand symbole de changement ?

Zalex avait continué d'énumérer un a un les entrelacs celtiques :

— Il y a aussi l'arbre de vie, le nœud d'amour, le nœud circulaire...

Mais, voyant que Breizh avait du mal à tout retenir, elle promit de lui envoyer un jour quelque chose pour qu'il se souvienne de chacun d'eux. Et le voilà à présent en possession du superbe carnet étincelant.

N'y tenant plus, il décide de tester une page. Son choix se fixe sur le nœud Dara. « Dara » signifie « chêne », l'arbre sacré des Celtes, et ce nœud en représente toute la force.

Tandis qu'il récite la chanson lui indiquant quelle tige doit d'abord passer au-dessus et quelle tige doit ensuite passer en dessous, il ne voit pas approcher derrière lui sa cousine d'Écosse, Alba, venue lui rendre visite pour les vacances.

— Alors ça y est, Breizh, tu as enfin réussi à faire apparaître le gland magique ! s'exclame-t-elle, en prononçant chaque « r » comme un petit roulement de tambour.

Le Celtigan sursaute : il avait oublié qu'elle et sa famille arrivaient aujourd'hui à Brocéliande.

— Alba ! Tu es déjà là ? Je suis trop content ! affirme-t-il avec un large sourire. Eire et Cymru sont-ils arrivés aussi ?

Breizh adore ses cousines et son cousin : bien sûr, il leur arrive parfois de se chamailler, mais c'est avec eux qu'il a vécu ses meilleures aventures et ses plus grands fous-rires.

— Non, une tempête est annoncée en mer. Ils ont préféré décaler leur départ, répond-t-elle, avant d'ordonner : Prête-moi l'AkenOr, je veux l'essayer.

Le lutin n'a même pas le temps de répondre qu'elle le lui retire des mains. Immédiatement, le sceptre magique disparaît.

— Tu sais bien qu'à part moi, personne d'autre ne peut s'en servir, sauf s'il a été élu par la forêt magique.

La Celtigane fait un peu la moue. Puis, avec un sourire narquois et en montrant le casque surmonté d'une crinière

blanche et d'une corne dorée qu'elle tient sous le bras, elle lance :

— De toute façon, je possède un pouvoir beaucoup plus grand que le tien... Tu sais bien que je suis la reine des licornes !

KLING-KLING !

À ces mots, un étrange tintement métallique résonne.

— Qu'est-ce que c'est que ce bruit ? s'étonne Breizh.

— Un bruit ? Quel bruit ? répond la petite Écossaise.

KLING-KLING !

— Ce bruit-là ! Tu n'entends pas ? Comme si des chaînes s'entrechoquaient à la fin de tes phrases...

— Absolument pas ! insiste-t-elle.

KLING-KLING !

Et, avant que son cousin ne continue sur ce sujet, elle enchaîne :

— Ton papa m'a dit que tu te prétends le nouveau gardien de la Table Ronde.

— Presque. En fait, je suis devenu le gardien de la « Nouvelle » Table Ronde, précise-t-il.

— C'est la même chose, s'agace Alba.

— Non, car c'est une quête inédite : réenchanter le monde !

s'enflamme-t-il. Merlin en personne m'a demandé de recruter de courageux chevaliers et chevaleresses, afin de découvrir où sont cachées les douze parties de la Table Ronde, partout en Bretagne.

— D'accord… Dans ce cas, je veux être la première des chevaleresses, et on part tout de suite à leur recherche, dit Alba avec une incroyable assurance.

— Heu… Je ne sais pas si tu mérites de…

Elle lui coupe encore une fois la parole :

— Quoi ?

— Tu sais, j'ai dû passer une sacrée épreuve pour être digne de posséder ce bouclier de chevalier.

— Eh bien, si c'est comme ça, allons voir Merlin ! Lui ne se posera pas de questions en voyant que je n'ai peur de rien !

KLING-KLING-KLING-KLING !

Chapitre 2
Le capitaine tracasse

— Allez-y ! Augmentez encore la puissance des moteurs de vingt pour cent !

Derrière son épaisse moustache, le commandant du pétrolier naviguant cette soirée-là à mi-chemin entre les côtes bretonnes et anglaises vient de mugir sur son assistant. Ce dernier essaie tout de même de le prévenir du péril qui les attend.

— Mais, monsieur, c'est dangereux, ce navire est ancien, les machines pourraient casser.

— Quand je donne un ordre, je veux qu'on m'obéisse sans discuter ! Vous m'entendez ?

De l'Atlantique à la mer du Nord, le capitaine Cruall n'est apprécié d'aucun marin ; pas plus que des autres commandants de bord, d'ailleurs. Il n'écoute toujours que lui-même, méprise ses équipages et refuse que quiconque discute ses choix. Son tanker (c'est le nom donné aux grands bateaux transportant du pétrole) est entièrement rempli de l'épais liquide noir. Le détestable navigateur a choisi de foncer droit sur la tempête qui grossit au milieu de la Manche. Cela va à l'encontre de toutes les règles de sécurité, et il le sait parfaitement. Mais il a signé un gros contrat et refuse de subir des pénalités de retard, au risque de mettre en danger tous ses hommes…

KRRRRIIII !

— Qu'est-ce que c'est que ce bruit ? se demande le mécanicien en train de réparer une petite panne dans un niveau inférieur du navire.

Il tente d'en localiser l'origine en ouvrant un à un tous les compartiments autour de lui, tandis que le bateau est secoué dans tous les sens par une mer dont la furie grandit à chaque instant. Soudain, le son strident retentit de nouveau, mais cette fois terriblement plus fort.

Le marin ouvre une nouvelle porte et découvre que la coque éventrée laisse s'engouffrer des centaines de litres d'eau !

— Bon sang, le bateau est sur le point de craquer ! réalise-t-il horrifié.

Puis, il s'interroge :

— Si j'en parle au capitaine, il ne va rien vouloir entendre et me hurler dessus. Tant pis, c'est trop grave, je vais me passer de son accord pour prévenir les secours sur la côte.

Quelques minutes plus tard, un message radio prioritaire retentit dans la salle de commandement, située sur le pont supérieur du tanker.

— Ici le Centre régional opérationnel de surveillance et de sauvetage de Corsen, pour le pétrolier *Waste*. Nous recevez-vous ? Nous avons reçu un appel de détresse en provenance de votre navire, sur une fréquence non officielle. On nous indique une possible voie d'eau à bord. Confirmez-vous cette information ?

En entendant ce message, le capitaine comprend immédiatement qu'un des membres de son équipage a lancé un appel de détresse sans son autorisation. Il se retient de laisser exploser sa colère.

— Ici le commandant du *Waste*. Négatif, tout va bien à bord, vous avez été victime d'une mauvaise blague.

— Message reçu. Nous allons vérifier l'origine de l'appel… Par ailleurs, votre position GPS indique que vous vous dirigez beaucoup trop vers l'ouragan. Veuillez immédiatement détourner votre trajectoire de quarante degrés vers le nord, répond la voix dans le haut-parleur.

— À vos ordres ! rétorque Cruall, faisant semblant d'obéir sans discuter.

Il coupe ensuite toutes les communications et se met à hurler, en faisant de grands gestes de bras dans tous les sens. Ses yeux exorbités et ses cheveux hirsutes sous sa casquette trop usée accentuent la terreur qu'il communique à tous ceux présents dans le poste de pilotage.

— C'est une mutinerie, une intolérable mutinerie ! Je veux que vous retrouviez sur-le-champ l'auteur de cet appel et qu'il soit mis aux arrêts !

Son second semble dépassé par cette situation inédite pour lui, d'autant qu'il s'inquiète de l'avertissement lancé par le Centre de surveillance et de sauvetage.

— Et que faisons-nous pour notre trajectoire, capitaine ?

— Hors de question de changer de cap ! Vous n'avez qu'à pousser les moteurs au maximum de leur puissance ! lui répond son chef, les dents plus serrées que jamais, avant de poursuivre : Prévenez tous les membres de l'équipage : ceux qui oseront me désobéir verront leur carrière de marin se terminer aujourd'hui ! Je ferai en sorte que plus aucun navire ne les embauche !

Une demi-heure plus tard, c'est l'effervescence au Centre de surveillance basé à Plouarzel, sur la pointe nord du Finistère.

— Je viens de recevoir le dernier bulletin : la tempête est encore plus forte que prévue, révèle l'opérateur météo.

Sa responsable fait le tour de ses équipes pour évaluer la situation : on la prévient que des appels de détresse continuent d'arriver en provenance du pétrolier et que les communications avec le commandant de bord ont été coupées. Le plan de sauvetage est immédiatement lancé par les autorités maritimes.

— Envoyez le navire d'intervention le plus proche du *Waste*. Que l'hélicoptère soit prêt à secourir l'équipage.

Sur le pétrolier, rien ne va plus : les moteurs ont fini par casser. Il est désormais ballotté de toutes parts, comme une coquille de noix, au milieu des vagues gigantesques. Mais le capitaine Cruall refuse toujours que son équipe appelle à l'aide :

— Tout ici m'appartient… C'est mon bateau, ma radio, mon pétrole !

Sur le pont, tous se rendent compte qu'il est devenu fou.

— Mais, monsieur, si nous ne prévenons personne, nous sommes perdus !

— Non ! Nous allons traverser cet orage, avec ou sans moteurs. Je suis certain que les courants vont nous conduire à bon port, et une fois arrivés, vous regrett… AAAAAHH !

Totalement à la dérive, le bateau a basculé d'un coup vers la droite, victime d'une puissante houle, et les marins ont été projetés au sol.

Lorsqu'ils se relèvent, certains découvrent à travers la vitre une grande déchirure sur le pont métallique.

Profitant que Cruall ait été assommé par sa chute, le commandant en second rallume la radio :

— *Mayday ! Mayday ! Mayday !* Ici le tanker *Waste*, nous

sommes victimes d'une grave avarie à bord, nous avons besoin de secours de toute urgence!

— Ici le Centre de sauvetage. Tenez bon, un navire est déjà parti à votre rescousse. Soyez prêts à être évacués.

Quelques minutes plus tard, l'hélicoptère positionné juste au-dessus du bateau est secoué par le vent comme un jouet. Le pilote a déjà effectué plusieurs allers-retours pour mettre à l'abri les rescapés. Le sauveteur, accroché à un câble d'acier, descend pour récupérer le tout dernier membre d'équipage.

— Quand je vous ferai signe, accrochez-vous fermement à moi, dit-il à l'adjoint du capitaine.

Soudain, une nouvelle vague immense percute la coque. Le tanker se brise en son milieu et une grande partie de sa terrible cargaison se déverse en pleine mer. Déséquilibrés, les deux hommes basculent en arrière et commencent à glisser vers le liquide nauséabond. Fort heureusement, l'autre sauveteur resté dans l'hélicoptère a eu le temps d'actionner le treuil qui les remonte à bord, sains et saufs.

Les deux parties du *Waste* disparaissent sous les eaux rapidement, tandis qu'une grande nappe polluante de pétrole s'est formée et se déplace désormais en direction des côtes bretonnes, comme une île en furie que plus rien ne semble pouvoir arrêter !

Chapitre 3

Des tresses en détresse

— À la prochaine fourmilière, tourne à droite vers le chemin des champignons, mon ami.

Bien loin de toute cette tourmente, Breizh a pris place dans la hotte à colis de Noisette. Afin de s'acquitter de son pari perdu, l'écureuil facétieux a accepté que le lutin le chevauche toute une journée. Ils filent à vive allure, slalomant entre les fougères et les ronces, prenant parfois appui sur des souches creuses pour bondir toujours plus loin.

Aussi incroyable que cela puisse paraître, Alba a choisi de les suivre en courant à leur côté. Depuis toujours, elle est la plus rapide à la course au sein des différents peuples Celtigans. D'ailleurs, elle remporte à tous les coups cette épreuve aux jeux celtolympiques. Mais son cousin n'aurait jamais cru qu'elle puisse rivaliser avec le vif rongeur tout roux. Il se demande même si la magie de l'AkenOr lui aurait été d'une quelconque utilité pour le rattraper.

— Cousine, j'ai l'impression que tu es encore plus rapide qu'avant ?

— Tu trouves ? s'étonne-t-elle à peine. Je me suis entrainée tout l'hiver dans la neige à faire la course avec mes licornes, ça a certainement renforcé les muscles de mes jambes.

KLING-KLING !

— Oh ! Tu as entendu ? Le bruit bizarre a recommencé ! s'étonne le poulpiquet.

— Non, rien entendu. Ce doit être à cause de la brise dans les feuilles.

KLING-KLING !

Les voilà arrivés dans un lieu paisible, où seuls les chants mélodieux des oiseaux résonnent. Cette minuscule clairière de la forêt de Brocéliande abrite en son centre deux gros rochers perpendiculaires, entourés d'un cercle de pierres plates. Il est étrangement appelé « Le Tombeau de Merlin », alors que le mage est toujours bien vivant. L'endroit fût,

Contes de Fées

durant des siècles, sa prison invisible, avant qu'il ne réussisse à s'en libérer.

— Bonjour jeunes Celtigans. Que me vaut l'honneur de votre visite ? questionne le magicien, qu'une malédiction a transformé en blanche hermine.

Sans même détourner le regard de sa lecture d'un épais grimoire, il leur demande d'approcher.

— Bonjour Merlin. Désolé de vous déranger, mais ma cousine Alba a une question à vous poser, dit le lutin celtique.

La Celtigane passe devant son cousin et s'adresse à l'Enchanteur sans plus attendre :

— Voilà : mon cousin ne veut pas que je devienne la toute première des chevaleresses à rechercher la Nouvelle Table Ronde.

— Mais… j'ai jamais dit ça ! intervient Breizh.

Le gardien de l'AkenOr respire un bon coup pour ne pas laisser l'agacement se transformer en grogne.

— Tu l'as pensé trop fort alors, insiste sa cousine.

— C'est… C'est vrai, tu as raison, reconnaît alors le lutin, qui ne veut pas décevoir son maître, et sait qu'il attend tout le temps de lui la vérité.

Satisfait, ce dernier lui adresse un discret sourire avant de demander à la petite Écossaise :

— Dis-moi, Alba, pourquoi devrait-il t'accorder une place à ses côtés ?

— Pourquoi ? Déjà, parce que je suis plus rapide que quiconque à la course… Et évidemment, parce que je suis la reine des licornes !

KLING-KLING-KLING !

Le magicien ne semble pas réagir au tintement qui résonne, il se contente de fixer la Celtigane droit dans les yeux avec ses pupilles en forme d'étoiles. Comme elle a l'impression qu'il tente de lire dans ses pensées, elle se met à parler toute seule en levant les yeux au ciel.

— Si vous saviez, comme moi, les pouvoir extraordinaires qu'elles possèdent – KLING-KLING ! –, vous me supplieriez de faire partie de votre équipe ! Après tout, je suis la seule à avoir réussi à les dresser : elles obéissent absolument à tous mes ordres, poursuit-elle avec orgueil.

KLING-KLING !

— Vraiment ? semble s'émerveiller Merlin. Je te félicite Alba, car la dernière fois que j'ai croisé Pureté et Innocence, elles ne se laissaient dompter par personne.

— Qui ça ? demande-t-elle.

— Pureté et Innocence. Ce sont leurs noms. Je pensais qu'elles te les avaient révélés ?

— Ah, heu… Mais oui, bien sûr, ha, ha !

KLING-KLING !

— J'ai oublié parce que… Il y a très longtemps, je les ai rebaptisées Finlay et Paden.

KLING-KLING !

— Vraiment ? Comme c'est étrange… Mes vieilles amies ont donc tant changé ? se questionne le vieux magicien.

— Oui. Un jour, elles m'ont dit qu'elles en avaient assez de leurs anciens prénoms et qu'elles voulaient qu'on les appelle comme ça maintenant.

KLING-KLING !

— Finlay et Paden… D'accord, je m'en souviendrai. Mais, dis-moi Alba, comme les licornes n'ont apparemment aucun secret pour toi, j'aimerais bien jouer à un petit jeu, tu veux bien ?

— Heu, d'accord, quelles sont les règles ?

— C'est très simple, tu vas voir : nous devons citer à tour de rôle les qualités et les pouvoirs des licornes. Celui qui en donne le plus a gagné, lui explique le mage.

— Facile ! Et qu'est-ce qu'il y a à gagner ? demande-t-elle.

— Si tu gagnes, je te permets d'accompagner ton cousin dans sa quête d'une partie cachée de la Table Ronde. Je lui fais entièrement confiance pour juger si tu es digne de devenir la première des chevaleresses, comme tu le souhaites.

— Et si je perds ? s'inquiète-t-elle.

— Si tu perds, tu devras me révéler l'origine du bruit de chaînes qui s'entrechoquent à la fin de certaines de tes phrases. D'accord ? lui lance-t-il avec un grand sourire sous sa moustache blanche.

La Celtigane écossaise sent que l'Enchanteur ne lui laissera pas d'autre occasion de prouver sa valeur. Elle accepte et commence :

— Les licornes sont pures.

— Oui, c'est vrai, et aussi très audacieuses, répond-il.

— Elles sont joyeuses.

— Et fières.

— Elles sont capables de réaliser des vœux, affirme-t-elle.

— Absolument, et elles sont indomptables… Sauf par des princesses ou des fées.

— Elles possèdent un immense pouvoir de guérison et aucun poison ne leur résiste, ajoute Alba.

— Tu as parfaitement raison, et c'est sans aucun doute leur plus grand pouvoir, rajoute Merlin.

Puis, il continue :

— Comme elles détestent plus que tout le mensonge, elles ne se montrent qu'aux personnes disant la vérité, toute la vérité, rien que la vérité !

Cette réponse laisse la Celtigane sans voix et Breizh est persuadé qu'elle va perdre quand, au dernier moment, elle lance une affirmation :

— Et… Et elles apparaissent uniquement le jour de la fête celtique de l'Imbolc !

— Félicitations ! Tu les connais très bien, s'exclame l'Enchanteur. Tu as gagné le droit d'accompagner ton cousin.

Le lutin de Brocéliande est ravi pour elle, mais il ne sait pas où commencer sa recherche d'un morceau caché de la Table ; la Bretagne est si vaste ! C'est alors que Merlin déterre au pied d'une des grandes dalles un petit coffre sobrement décoré. Il l'ouvre, en sort un des nombreux rouleaux anciens qui s'y trouvent, et le tend à Breizh.

— Tiens, porteur de l'AkenOr, tu trouveras sur ce parchemin toutes les réponses que tu cherches… Enfin, si tu arrives à le déchiffrer ! lui précise-t-il en pouffant de rire.

Puis, il ajoute :

— Quand ce sera fait, va à la fontaine de Barenton : j'ai laissé le passage magique ouvert pour toi et quiconque t'accompagnera. À chaque fois que tu voudras te déplacer, il te suffira d'imaginer ta destination et de plonger. Mais je ne t'apprends rien.

Le Celtigan remonte sur Noisette, et sa cousine, toute souriante, le défie à la course sur le chemin du retour. Le lutin semble préoccupé, mais accepte.

Tous trois filent à vive allure lorsque, soudain, Breizh entend une voix dans sa tête lui demandant de s'arrêter. Il tire de toutes ses forces sur le harnais pour stopper l'écureuil qui n'y comprend rien ; ce dernier voulait prendre sa revanche sur l'Écossaise.

Lorsque le Celtigan se retourne, l'Enchanteur est là.

— J'ai senti les doutes en toi, mon jeune disciple. Tu te demandes comment savoir si Alba est digne d'être une chevaleresse ?

— Oui, j'ai peur de me tromper, et je crains aussi de devoir lui dire non… C'est une grosse responsabilité.

— Ton idole, le roi Arthur, a bien connu ça aussi, tu sais, à chaque fois qu'il a dû choisir un nouveau chevalier. En tant que gardien du Cœur de la Nouvelle Table Ronde, toi seul peux juger et décider qui est digne de s'asseoir autour d'elle.

Puis l'hermine, avec cette épaisse crinière qui le fait ressembler à un lion blanc miniature, fait demi-tour et prononce une dernière phrase :

— Je te fais entièrement confiance. Découvre d'où proviennent les tintements de chaînes de ta cousine et, si tu parviens à l'en libérer, tu sauras quelle décision prendre.

Chapitre 4

Le rouleau du printemps

— Où es-tu passé, cousin ? Je suis arrivée depuis tellement longtemps que j'ai cru que tu faisais la sieste, dit, en se moquant un peu, la blondinette aux tresses épaisses.

— Merlin avait oublié de me donner un dernier conseil… Viens, allons dans ma chambre découvrir le message du parchemin.

Tous les Celtigans de Bretagne vivaient dans un seul et unique endroit nommé le village de Pommes-de-Pin. Ce lieu fut choisi voilà fort longtemps par Passmoil, le tout premier lutin celte, un héros légendaire ici. On raconte toujours ses exploits aux enfants lors des veillées ; certains conteurs en font même l'ami d'Arthur au Moyen Âge.

L'illustre ancêtre a choisi ce lieu à cause d'un énorme rocher, unique à cet endroit de la forêt, autour duquel toutes les maisons ont été construites à partir des pommes de pin tombées au sol.

Après une vie riche d'aventures, il a laissé un testament qui ne comporte qu'une seule phrase et que tous respectent depuis des siècles : « Jamais aucun Celtigan ne doit monter au sommet de la Roche sacrée ! » Enfin… presque tous, car lors de leurs dernières vacances ensemble, Breizh, Alba, Eire et Cymru se sont retrouvés tout en haut par accident. C'est aussi ce jour-là qu'ils ont rencontré Merlin pour la première fois, sans imaginer à quel point leur destin allait changer.

— Mais où est passée ton épée en bois ? Et pourquoi as-tu dessiné des glands plantés au bout de toutes les armes des chevaliers sur tes posters ?

En rentrant dans la chambre du poulpiquet, la Celtigane d'Écosse a immédiatement remarqué tous ces changements. Il faut dire que Breizh avait tellement clamé, depuis tout petit, qu'il voulait brandir Excalibur, l'épée magique de l'ancien roi de Camelot, qu'il en était devenu agaçant.

— « On ne réenchante pas le monde une arme à la main », récite-t-il, reprenant ainsi les mots de l'Enchanteur.

— C'est vraiment un très grand magicien pour avoir réussi à te faire renoncer aux armes, ironise-t-elle.

— C'était le seul moyen pour que je réussisse à faire

apparaître l'AkenOr. Et toi, crois-tu aussi avoir des choses à changer, Alba ?

Mais sa cousine change vite de sujet, pour ne pas avoir à répondre :

— Ouvre le rouleau, je suis impatiente de savoir ce qu'il y a d'écrit dessus !

Il retire le ruban noué depuis plusieurs centaines d'années, puis étale le document sur lequel est inscrit à la plume un étrange poème :

Pour découvrir un morceau
de la précieuse Table Ronde,
Que nous avons caché
aux yeux de tout le monde,
Rendez-vous dans ce second lieu
où jadis
On pense que fût engloutie
la légendaire cité d'Ys.

Là, trouvez la rosace gravée
sur la grande dalle,
Puis longez un moment
son axe septentrional.
Ce point cardinal,
aimé des licornes si pures,

Vous conduira où le rouge et le blanc
se mélangent en grains durs.

Suivez alors les vagues
qui plongent dans leur cachette,
Elles vous mèneront certainement
vers la fin de votre quête.

L'objet, qui n'est ni au milieu d'un cube,
ni au centre d'une pyramide,
Vous attend à l'abri,
au cœur d'un refuge humide.

Tous deux se regardent, puis se replongent dans le texte, se regardent à nouveau, puis encore le texte, avant de rester figés les yeux dans les yeux, sans se dire le moindre mot.

Breizh s'exclame finalement, en marquant une pause entre chaque syllabe :

— J'ai-rien-com-pris-du-tout !

— Moi non plus, absolument rien ! lui répond Alba.

— Ne t'inquiète pas, je sais qui peut nous aider : mon papy Luhann ! dit le lutin avec une mine réjouie. Il connaît la Bretagne et son histoire par cœur, crois-moi, il va déchiffrer ces énigmes en un instant.

Le rouleau sous le bras, Breizh et Alba sortent de la maison en courant, traversent un petit pont qui enjambe le ruisseau, et arrivent sur la place du village où le Celtigan s'arrête tout à coup.

— Mais qu'est-ce qui te prend ? lui demande sa cousine, stoppant sa course à son tour.

Le lutin regarde en hauteur et tout autour de lui : l'endroit est entièrement recouvert de guirlandes de fleurs. Il s'exclame alors :

— Oh ! J'avais complètement oublié qu'on est le premier février ! C'est la fin de l'hiver celtique, le jour de la fête de l'Imbolc.

— Le jour des licornes ! ne peut s'empêcher d'ajouter l'Écossaise, d'une voix émue.

Tous deux reprennent leur trajet sans dire un mot.

TOC-TOC-TOC !

— Qui est-ce ? demande Luhann.

— C'est moi, papy, ouvre, je suis avec Alba ! On a quelque chose d'important à te demander.

Le Celtigan à la barbe blanche adore son petit-fils et ne manque jamais une occasion de l'aider.

— Breizh, mon tout petit, je suis si heureux de te voir ! Que veux-tu ?

— Merlin m'a confié un très vieux parchemin, et c'est trop compliqué pour nous !

— Fais-moi voir ça, lui dit-il.

Luhann se plonge dans la lecture du texte ancien.

— Hum… Hum-hum… Humm… Hum-hum-humm !

— Alors, as-tu découvert où commencer notre quête et quel chemin suivre ensuite ?

— Eh bien, ma foi… Je n'ai rien compris non plus !

— Vraiment ?

— Ha, ha, ha ! Mais non, je te fais une blague. Même si la fin est difficile, le début est assez simple quand on connaît les légendes bretonnes.

Les enfants se montrent très attentifs.

— Les humains, que nous nommons injustement les géants-piétineurs – vu qu'ils n'ont jamais réussi à piétiner un Celtigan –, pensent que la fameuse légende maritime de la cité d'Ys et de sa sirène Dahut s'est déroulée dans la baie de Douarnenez.

— Les sirènes existent vraiment, papy Luhann ? interroge la petite.

— Bien sûr ! Mais je vous en parlerai une prochaine fois. Revenons à l'énigme : il existe une autre version du récit, moins connue, qui se passe dans un endroit plus au nord de la Bretagne : le Yaudet.

— Tu en es sûr ? insiste Breizh.

— Absolument, et la preuve est dans le texte, précise-t-il en pointant du doigt le parchemin. Regardez ce passage : « ***… vous conduira où le rouge et le blanc se mélangent en grains durs.*** » Quand vous mettez du rouge avec du blanc, ça donne quoi les enfants ?

— Du rose ! lance Alba.

— Exact, et les grains durs, c'est tout simplement le

granit, cette roche très dure. Et comme par hasard, où se trouve le Yaudet ? Sur la côte de Granit rose.

— Wouaa ! Trop bien, tu es génial papy ! exulte Breizh en lui sautant au cou.

— Une fois sur place, trouver la rosace qui indique le septentrion ne sera pas compliqué.

— Sauf qu'on ne sait pas ce que signifie ce mot-là ? lui dit son petit-fils.

— Ah, oui : c'est simplement l'ancien mot pour désigner le nord. Après, vous n'aurez plus qu'à suivre les vagues qui jouent à cache-cache.

— Génial, on va facilement trouver cette Table et je vais devenir la toute première chevaleresse !

— Humm... Hum-hum-humm !

— Quoi, il y a un problème ?

— Oui, la fin du poème est bizarre. Si ce n'est pas un cube, ni une pyramide, alors ce sera sûrement quelque chose de rond, mais quoi ? se demande Luhann.

— Pas grave, on verra sur place ! Allez, viens Breizh, on fonce ! dit la Celtigane, surexcitée.

— Tu es le papy le plus génial du monde, merci !

Et les voilà repartis vers la forêt, direction la fontaine de Barenton.

Chapitre 5

Quand court l'épine

— Et tu veux me faire croire que ce ridicule petit trou d'eau entouré de cailloux est un fabuleux passage magique qui nous conduit instantanément n'importe où? s'étonne la Celtigane après avoir suivi Breizh et Noisette à travers les sous-bois.

— Un peu de respect, cousine, ce n'est pas n'importe quelle fontaine! C'est celle de Merlin! répond le poulpiquet.

— D'accord, je m'excuse… Alors vas-y, fais apparaître le super portail, lance-t-elle, sur le ton de la provocation.

— En fait, il est tout au fond de l'eau, on doit plonger.

— Quoi? Non, pas question que je mouille la crinière de mon casque! s'insurge-t-elle.

— On n'a pas le choix. Sinon, même si tu cours très vite, on mettrait des semaines pour arriver là-bas, explique Breizh, qui essaie de garder son calme.

— Eh bien tant pis, ça prendra plus de temps, rétorque-t-elle en croisant fermement ses bras devant.

Soudain, il vient une idée au lutin :

— Alba, est-ce que je t'ai raconté comment l'Enchanteur me l'a fait découvrir ?

Tandis qu'elle lui répond que non, il attrape fermement à deux mains le côté droit du harnais de l'écureuil et tire un grand coup sec. L'animal effectue alors une vive volte-face, sa queue rousse claque le tartan de la demoiselle et la précipite brusquement dans la source. Alors que l'eau se met à bouillonner, le lutin remercie chaleureusement Noisette pour son aide. Puis il se pince le nez et se jette à son tour dans la fontaine sacrée. Les deux Celtigans disparaissent dans un puissant tourbillon.

— Khoff-Khoff ! Je te déteste des orteils jusqu'aux oreilles ! Tu m'entends ?

La petite Écossaise hurle son pire juron envers son cousin, tout en sortant de l'eau bordant le Yaudet. Leur voyage n'a pris que quelques secondes.

— T'inquiète, on s'habitue vite, tu verras, ricane-t-il, en se rappelant qu'il avait eu la même réaction qu'elle la première fois.

— Quoi ? Je n'y retournerai plus jamais !

— Si tu veux devenir une grande chevaleresse à mes côtés, il faudra bien que tu t'y fasses, ajoute-t-il.

Alba ne préfère pas insister et relance leur quête :

— Bon, où est cette rosace ?

Breizh n'en sait rien, son papy n'a pas donné de détails sur le sujet. Tous deux réalisent que désormais, ils ne peuvent plus compter que sur eux-mêmes.

Tout à coup, un cri semble résonner au loin, sans qu'ils puissent dire de quel animal il provient. Curieux, les Celtigans grimpent en haut d'une colline et découvrent un groupe de chevaux galopant dans tous les sens. Ils sont affolés par les branches qui tombent autour d'eux, arrachées par le puissant souffle du vent. Ils n'ont plus d'abri, car il s'est effondré, tout comme une partie de la clôture. Au milieu du troupeau, un poulain entièrement blanc paraît perdu.

— Il faut faire quelque chose pour eux ! s'écrie le lutin.

— Mais on risque de perdre du temps, là ! répond Alba.

— Attends : tu étais prête à courir toute une semaine pour arriver ici, et maintenant tu n'as pas cinq minutes pour aider ces pauvres animaux ? s'indigne-t-il.

— Je rigole ! Tu sais bien que j'adore les chevaux, autant que les licornes.

KLING-KLING !

Voilà un petit moment que l'étrange son métallique n'avait pas retenti, mais Breizh ne s'en préoccupe pas cette fois : il est concentré sur son bracelet d'écorces tressées. La magie opère et l'AkenOr apparaît dans sa main. Il tend le bras vers le ciel et un rayon de lumière étincelante est projeté à côté des animaux. Des pousses de chêne sortent de terre et se transforment immédiatement en petits troncs, que le jeune Celtigan enchevêtre à distance du mieux qu'il peut, afin de

leur créer un solide refuge. Si seulement il avait eu le temps d'apprendre tous les nouveaux nœuds que lui a transmis Zalex l'orFéevre…

Se fiant à leur instinct, toutes les bêtes s'y mettent à l'abri… sauf le poulain, qui a vu Alba et Breizh. Il veut s'approcher d'eux, mais doit lutter contre un fort vent de face.

— Allez cousin, il faut y aller maintenant.

— On ne peut pas le laisser comme ça, il pourrait être blessé ! affirme-t-il.

— Tu n'as qu'à lui faire un mini-enclos, rien que pour lui.

Le lutin est partagé, il aurait l'impression de lui fabriquer une cage en bois. Mais Alba insiste tellement qu'il finit par céder. Elle a repéré au loin un panneau sur lequel un plan semble dessiné. Et tandis qu'ils s'éloignent, le poulain ne

cesse de hennir avec tristesse, tout en donnant des coups de sabots dans la structure en bois avec ses pattes arrière.

Ils arrivent face à un joli dessin représentant le village vu du ciel. Aucune maison, aucun arbre, aucun rocher ne semble manquer. Fort heureusement, tous les Celtigans de Brocéliande doivent apprendre, dès leur plus jeune âge, à parler et à écrire les différents dialectes des géants-piétineurs, que ce soit le breton ou le français. Si bien que Breizh repère vite une inscription : « Roche plate (posée en dolmen, gravée d'une rosace). »

— On est juste à côté, elle est derrière ce sentier.

— Super ! Viens, on court jusque là-bas, impose Alba.

Quelques minutes plus tard, les voilà devant la fameuse rosace. Le lutin reprend son souffle alors que sa cousine ne semble même pas avoir forcé.

— D'après le plan, le nord se situe dans cette direction, dit-il en posant le doigt sur un des rayons gravés sur la dalle posée face à la baie.

— Et comment allons-nous faire pour ne jamais nous perdre et toujours suivre la bonne direction ? demande l'Écossaise.

— Bonne question ! Ça fait un moment que j'y réfléchis et le mieux, c'est une fois de plus d'utiliser la magie de ma forêt, répond-il, avant de faire tournoyer son sceptre.

Il extrait du sol une épaisse racine qui file tout droit dans la bonne direction.

— Nous n'avons plus qu'à la suivre jusqu'à la côte de Granit rose, affirme-t-il avec un clin d'œil complice.

— D'accord ! On fait la course ?

— Heu… Laisse-moi souffler deux minutes.

Les voilà traversant une petite prairie totalement exposée aux violents courants d'air. Tout à coup, un grondement retentit juste derrière eux : une énorme bourrasque vient de frapper un bosquet d'arbres, au pied duquel se trouve un champ de ronces. Sous l'impact, il a éclaté comme du popcorn, et des milliers d'épines sont projetées à toute vitesse en direction des Celtigans.

— Viens Breizh, il faut s'enfuir !

— Non, on n'aura pas le temps. Colle-toi le plus possible contre mon dos, fais-moi confiance ! lance-t-il, en attrapant son bouclier à l'hermine de Bretagne pour les protéger.

Ils ont à peine le temps de s'accroupir qu'une pluie de pointes s'abat sur eux dans un grand vacarme. Beaucoup se plantent dans l'écu en bois, d'autres rebondissent ou se brisent sur le haut du casque de l'Écossaise.

Le calme revient. Ils n'ont rien, pas une égratignure.

Les lutins s'enlacent et font des bonds de joie. Mais Alba s'arrête d'un coup, la bouche grande ouverte.

— Breizh… Breizh!… Cours!

— Quoi?

Lorsque le poulpiquet se retourne, il comprend ce qui terrifie autant sa cousine: de grandes tiges de ronces entremêlées sont emportées par une nouvelle bourrasque. Elles se déplacent vers eux à toute allure; on dirait de sombres géantes aux longs bras, hérissées de piquants. À chaque fois qu'elles font un tour sur elles-mêmes, les tiges claquent le sol dans un bruit effroyable.

— Il faut s'enfuir cette fois! dit-elle en prenant très vite de l'avance.

Arrivée à l'orée du bois, elle se rend compte que son cousin est loin derrière elle. Son écu incrusté d'épines est devenu trop lourd et le ralentit.

— Lâche ton bouclier tout de suite… Lâche-le! hurle-t-elle.

Voyant qu'il refuse de le faire, Alba fonce vers lui, attrape sa main et l'entraîne de toutes ses forces, avant de se jeter sous un rocher. Toutes les ronces géantes passent par-dessus leur abri qui tient bon. C'était vraiment juste, cette fois.

Chapitre 6

Le pétrole, c'est pas drôle!

Le poulain n'a pas arrêté de donner des coups de sabots dans son abri improvisé, si bien qu'il réussit finalement à briser une branche et à se faufiler à l'extérieur. Les forts courants d'air balaient sa crinière nacrée dans tous les sens tandis qu'il regarde en arrière vers les siens. Mais au lieu de les rejoindre, il profite que la clôture de son pré soit à terre pour s'enfuir.

Pour une raison incompréhensible, il veut rejoindre les deux Celtigans. Ayant vu dans quelle direction ils étaient partis, il suit leur piste et rejoint rapidement la dalle gravée. Mais ils ne sont plus là; sa mine s'attriste. Il remarque toutefois cette racine étrange qui semble filer tout droit vers une petite forêt… et décide de la suivre.

— Mais pourquoi n'as-tu pas lâché ton bouclier quand je te l'ai demandé ? interroge Alba, en route sur le chemin qui les mène toujours plus au nord.

— J'avais trop peur que le vent ne l'emporte… Peut-être même jusqu'à la mer ! J'aurais pu ne jamais le revoir ! lui répond-il avec de l'inquiétude dans le regard.

— Et alors ? Tu en aurais trouvé un autre, ou tu aurais demandé à l'ébéniste de ton village d'en fabriquer une copie.

Alors qu'il retire une à une les épines qui se sont profondément enfoncée dans son bouclier, il reprend, avec de l'émotion dans la voix :

— C'est parce qu'il est très précieux pour moi… Tu sais, j'ai même renoncé à Excalibur pour l'avoir. Tu te rends compte ?

— Quoi ? Tu as dit adieu à l'épée de tes rêves et, à la place, tu as préféré ce pauvre bouclier en bois ?

La Celtigane n'en revient pas.

— Cet écu breton, je… Je l'ai autant choisi qu'il m'a choisi moi.

Il poursuit :

— J'espère qu'un jour, tu vivras la même chose, c'est une sensation incroyable !

— Mais je le vis déjà, cousin. Moi et mes deux licornes, on s'est adoptées.

KLING-KLING !

— Tu ne veux pas qu'on reparle un peu de ces bruits de chaînes, cousine ?

Pour seule réponse, elle pointe du doigt la sortie du bois qu'ils traversent depuis une heure :

— Regarde, nous sommes arrivés, c'est la côte de Granit rose ! dit-elle en se mettant à courir à toutes jambes dans cette direction.

Le paysage n'est pas du tout celui auquel ils s'attendaient : partout où ils regardent, des petites galettes de pétrole salissent cet endroit d'habitude si magnifique.

— Mais qu'est-ce que c'est que toutes ces taches noires ? interroge Alba.

— J'en n'ai aucune idée ! lui répond Breizh.

— Beurk, ça sent pas bon, en plus.

— Il vaut mieux ne pas y toucher. C'est peut-être une maladie contagieuse des cailloux, va savoir…

Soudain, malgré les bourrasques toujours plus fortes, ils entendent des voix de géants-piétineurs, non loin de là. Ils décident de s'approcher discrètement d'eux. Peut-être en apprendront-ils un peu plus sur ce qu'ils pensent être une étrange épidémie touchant tous les rochers ?

— Il ne faut pas rester là, Lina, c'est dangereux pour les enfants !

Un homme robuste, habillé d'un ciré jaune de la tête aux pieds, s'adresse à une jeune fille d'environ dix ans, qui lui répond les yeux remplis de larmes :

— Mais, c'est notre côte de Ploumanac'h que nous aimons ! On veut vous aider à retirer toute cette horrible pollution.

En voyant la petite géante-piétineuse, Alba exulte :

— Regarde le dessin sur son T-shirt, c'est le blason écossais, avec mes deux licornes reliées par une longue chaîne d'or.

— Tais-toi cousine, j'essaie d'écouter ce qu'ils racontent.

— Le pétrole, c'est très toxique, il ne faut surtout pas le toucher, insiste le père.

Derrière lui, des dizaines de bénévoles, dans des tenues de protection, ramassent les résidus noirs sur les rochers.

— Papa, s'il te plaît ! supplie-t-elle, les mains jointes.

— Non ma grande, n'insiste pas. C'est très gentil de vouloir nous aider, mais toi et tes amis devez tout de suite rentrer à la maison.

Il saisit les épaules de sa fille avec beaucoup de tendresse.

— En plus, le bulletin météo a annoncé un fort avis de tempête dans très peu de temps. Nous devrons tous quitter la plage, nous aussi.

— Le « pétrole » ?... Ça te dit quelque chose ? interroge la Celtigane.

— Non, j'ai entendu parler des pets de Troll, mais ça n'a rien à voir... Enfin, je crois ? lui répond son cousin. En tout cas, on dirait qu'il vaut mieux ne pas y toucher !

— Bon, c'est pas tout ça, mais on est venus trouver un morceau de Table Ronde, quand même... Où est passée ta racine de chêne ? enchaîne la petite Écossaise.

En voyant les dizaines de morceaux de bois en miettes devant eux, Breizh réalise que son fil d'Ariane a été arraché par le vent. Il n'y a plus de piste à suivre.

— Comment allons-nous faire pour continuer notre quête ? On ne va tout de même pas retourner jusqu'à la rosace ! s'indigne Alba.

— Je ne vois pas comment faire autrement, répond le lutin.

Alors qu'ils réfléchissent à une solution, ils sont soudainement interrompus par des cris d'enfants portés jusqu'à eux par le vent. Ni une ni deux, ils se précipitent pour voir ce qu'il se passe.

Chapitre 7

Et si tu mens, prends garde à toi...

C'est tout proche du robuste phare de Mean Ruz qu'ils retrouvent le groupe d'enfants croisé un peu plus tôt. Visiblement, ils ont désobéi aux adultes et, au lieu de rentrer, ils ont contourné la côte pour ne plus être vus. Néanmoins, tous ne semblent pas d'accord avec ce choix.

— Moi ze crois qu'on va tous ze faire gronder ! dit Melvil, le plus jeune du groupe, avec son adorable petit zozotement.

— Il a raison, on ferait mieux de rentrer. Tu as entendu ton père, Lina, ça peut être dangereux ici, et puis on est en train de mentir à nos familles. Moi, j'aime pas ça ! renchérit Evan.

— Si vous voulez partir, allez-y ! Moi, je reste. Personne n'a le droit de salir l'endroit où nous vivons, et ça ne me dérange pas de cacher la vérité si c'est pour une bonne cause !

— J'ai entendu ma mère dire qu'aux informations, ils ont parlé du capitaine du bateau qui transportait le pétrole. Toute cette pollution est arrivée parce que lui aussi a menti à tout le monde, lance Matt, qui cherche toujours à être logique.

— C'est elle qui a raison, parfois mentir c'est bien mieux, affirme Alba à son cousin.

— Quoi ? Mais absolument pas ! Comment peux-tu dire ça ? lui répond Breizh, un peu choqué par ce qu'il vient d'entendre.

— Je dis juste qu'un beau mensonge vaut mieux qu'une vilaine vérité, rajoute-t-elle.

— Tu es sérieuse ? As-tu écouté ce que le garçon disait à propos du marin ?

Breizh, qui sent la colère monter en lui, lance une dernière phrase :

— Cacher des choses à tout le monde, c'est le meilleur moyen pour que ça se retourne contre toi… Tu devrais y réfléchir un peu, cousine.

Une fois de plus, leur conversation est interrompue par la bande d'enfants:

— Non, non, n'y va pas Lina!

— Laissez-moi descendre, je veux aller nettoyer ces rochers, dit-elle en s'accroupissant pour sauter de moins haut.

Evan la retient par le bras pour l'en empêcher.

— Lâche-moi, s'il te plaît.

— Non, tu es en train de faire une bêtise et comme je suis le plus âgé ici, vous devez m'écouter. Allez, on rentre maintenant.

La jeune fille au fort caractère se dégage grâce à un mouvement rapide, mais elle perd l'équilibre et bascule dans le vide, deux mètres plus bas.

Elle s'est fait mal au bras et n'arrive pas à retenir un sanglot, malgré sa fierté.

— Lina, ça va?

— Oui… Oui, je vais bien, dit-elle en essuyant discrètement ses larmes, de peur que les autres ne les remarquent.

— Allez remonte, tu vois bien que ça glisse partout ici.

— Non, lancez-moi mon balai et mon seau.

— Pas question, tu as déjà eu de la chance de ne pas te blesser en tombant.

Soulagée que ses amis n'aient rien remarqué, elle insiste. Mais cette fois, ils sont tous d'accord pour rentrer, d'autant plus que la marée montante rapproche de plus en plus la très forte houle. D'ailleurs, une grosse vague vient se fracasser non loin et tous les enfants sont éclaboussés. Certains reçoivent même quelques boulettes de pétrole qui viennent tacher leurs habits. Heureusement, rien sur la peau. Soudain, ils entendent crier en dessous d'eux : Lina en a reçu dans les cheveux et ça la fait paniquer.

— Ne t'inquiète pas, c'est seulement sur ta queue de cheval, je le vois d'ici. Vas-y, grimpe, on va vite rentrer nettoyer ça avant que ton père ne l'apprenne, propose Matt.

Elle fond en larmes :

— Je ne peux pas me hisser toute seule, j'ai trop mal au bras, avoue-t-elle finalement en leur montrant la bosse qui s'est formée sur son coude.

— Oh non ! Il faut prévenir nos parents, car on ne peut pas t'aider à monter, c'est bien trop haut ! explique Matt.

— Attendez ! Si vous faites ça, ils vont me punir pour avoir désobéi.

— On a assez menti comme ça ! Regarde le résultat, Lina ! Moi j'y vais, dit Evan.

— Laisse-moi au moins chercher un passage où je peux remonter sans utiliser mon bras.

Mais son ami est déjà parti.

Écoutant son cœur, le Celtigan n'hésite pas une seconde et fait apparaître une fois de plus l'AkenOr.

— Fabrique-lui une échelle, lui conseille sa cousine.

— C'est une bonne idée, ça.

Le voilà qui fait un zigzag vers le ciel avec la pointe de son sceptre et immédiatement, deux branches filent d'un bosquet vers la côte, avant de plonger le long de la paroi. Puis, à chaque tournoiement du bâton, un nouveau barreau apparaît.

Mais comment faire pour que Lina trouve l'échelle ? Le lutin a l'idée de ne pas nouer tous les barreaux, si bien que le vent les soulève et, à chaque fois qu'ils retombent, ils claquent contre les montants.

Ce bruit étrange intrigue Matt. Curieux, il s'éloigne du groupe et découvre plus loin l'étonnante échelle. Il la descend et rejoint son amie :

— Par ici, Lina !

— Matt ! Comment es-tu arrivé jusqu'ici ?

— J'ai trouvé une vieille échelle oubliée. Donne-moi la main, je vais te montrer.

Malheureusement, au moment où ils l'atteignent, une immense vague s'abat dessus et la réduit en miettes.

— Non, pas ça ! s'écrie Breizh.

La situation est de plus en plus grave : deux enfants sont maintenant en danger.

Tout à coup, des voix d'adultes se font entendre. Evan revient avec une dizaine d'entre eux, dont le père de la petite.

Ils ne perdent pas une seule seconde. Un homme descend pour hisser les enfants vers ses compagnons.

Il y a eu plus de peur que de mal et Lina se blottit contre son papa. Elle n'arrête pas de s'excuser pour son attitude, car elle a enfin réalisé que la situation aurait pu très mal finir.

Tous rentrent à présent dans leurs foyers, il n'y a plus rien à faire. La radio leur a appris voilà quelques minutes que la tempête apportait avec elle le reste de la terrible marée noire.

— Alors, tu vois ? La preuve que j'ai raison ! conclut Breizh. Une enfant de dix ans a compris la leçon. Ne pas dire tout de suite la vérité aux autres, ça n'amène que des catastrophes… Mais il y a encore pire, Alba.

— Quoi ?

— Le pire, dirait Merlin, c'est de se mentir à soi-même.

— Je… Je ne sais vraiment pas de quoi tu parles, là, Breizh.

KLING-KLING !

— Oh, et puis j'en ai assez de ce bruit métallique. Je retourne chercher le morceau de Table Ronde, moi, s'agace-t-elle en s'éloignant.

Le lutin écarquille les yeux en réalisant que, sans s'en rendre compte, Alba vient d'admettre pour la première fois qu'elle entendait bien les étranges sons aigus.

Chapitre 8

Des gaz de là !

Breizh se remémore les derniers conseils de son maître : « *Découvre d'où proviennent les tintements de chaînes de ta cousine et, si tu parviens à l'en libérer, tu sauras quelle décision prendre.* »

Voilà un moment qu'il a une petite idée de l'origine de ces bruits. Il a remarqué qu'ils se produisaient suite à des phrases bien précises. Mais comment faire pour qu'elle accepte d'avouer ce secret qu'il a deviné ?

— Cousine, attends-moi, on va chercher ensemble !

— Tu as vu, le ciel est devenu si sombre qu'on croirait presque que la nuit tombe, s'inquiète l'Écossaise.

— Oui, on a intérêt à trouver rapidement « ***les vagues qui jouent à cache-cache*** », répond-il.

Soudain, une idée lui vient pour aider Alba.

— Dis-moi, c'est quoi la plus grande aventure que tu as vécue avec tes licornes ?

Elle est très surprise par cette question. Jamais son cousin ne lui a demandé une pareille chose. Il faut dire qu'en général, elle en parle tellement souvent que tous se gardent bien de l'interroger. Ils savent qu'une fois lancée sur ce sujet, elle ne sait plus s'arrêter.

— Je vais te raconter la fois où j'ai sauvé ce bus remplis de géants-piétineurs venus visiter nos terres et qui étaient menacés par les terribles prouts du monstre du loch Duich…

KLING-KLING !

Elle s'attend à ce que le lutin lui parle encore du fameux bruit, mais cette fois, il utilise la technique de l'Enchanteur et fait comme s'il n'avait rien entendu. Étonnée, la Celtigane reprend :

— Tout le monde parle toujours du monstre du loch Ness, mais crois-moi, celui du loch Duich est bien plus redoutable ! Même si c'est pas vraiment de sa faute, le pauvre.

— Comment ça ? Explique-moi ? demande-t-il.

— D'accord, mais laisse-moi d'abord te présenter le décor. Imagine une minuscule île des Highlands, vraiment toute petite, petite, sur laquelle est bâti le plus beau château fort d'Écosse : Eilean Donan.

— Ce nom me dit quelque chose… C'est pas juste à côté qu'habite votre peuple Celtigan ?

— Tout à fait. Ceux qui ont fondé notre village voulaient se réveiller tous les matins en admirant cette merveille, répond-elle avec fierté. Donc, par une belle matinée d'automne, la surface du lac reflétait le ciel, encore mieux qu'un miroir. Plusieurs dizaines de touristes traversaient à pied le fameux pont légèrement courbé qui mène à l'îlot. Quand soudain, une bulle gigantesque, de la taille d'une montgolfière, remonta du plus profond des eaux.

KLING-KLING !

— Mais d'où venait-elle ? demande son cousin, très intrigué.

— De l'intestin de ce pauvre Duiky.

— Qui ça ?

— C'est le nom que nous avons donné à notre gentil monstre herbivore. Tu vois, le problème c'est qu'il raffole beaucoup des algues et que ça lui donne des gaz… Énormément de gaz !

— À ce point-là ?

— Oui, et environ tous les six mois, il doit relâcher la pression, d'où la fameuse bulle géante.

KLING-KLING !

— Sauf que, pas de chance, ce jour-là, des géants-piétineurs visitaient le château. La bulle a éclaté en arrivant à la surface et provoqué un mini-tsunami, raconte-t-elle en faisant de grands gestes.

KLING-KLING !

— Whaou ! Carrément ?

— Une vague de plusieurs mètres de haut s'est soulevée et s'est déplacée à toute vitesse à partir du milieu du lac.

KLING-KLING !

— Terrible ! fait Breizh, les yeux grands ouverts.

— Mais heureusement, au même moment, j'étais en train de faire la course avec mes licornes sur les rives du loch Duich. Bien sûr, j'étais devant, précise-t-elle fièrement.

KLING-KLING !

— Quand je les ai entendues hennir derrière moi d'une façon très étrange, j'ai tout de suite compris qu'il y avait un problème.

— Le raz-de-marée ?

— Oui ! J'ai chevauché la plus rapide d'entre elles et nous avons foncé vers Eilean Donan. Mais la vague avait pris de l'avance, et elle est arrivée avant nous.

KLING-KLING !

— Et les touristes ?

— Ne t'inquiète pas, ils avaient tous eu le temps de remonter dans leur bus. Mais le niveau de l'eau est monté tellement haut qu'il a commencé à flotter comme un canoë, avant d'être emporté par le courant, dit-elle en fronçant les sourcils.

KLING-KLING !

— Là, ils étaient vraiment en danger ! rajoute le lutin, les dents serrées.

— C'est ce que je me suis dit aussi. J'ai alors ordonné à ma monture de faire un bond au-dessus des plus hauts arbres

pour gagner du temps. Nous avons atterri juste devant le bus et ma licorne a claqué le sol avec ses sabots arrière, comme je lui ai appris.

KLING-KLING !

— Pour faire quoi ?

— C'est comme ça qu'elle fabrique son pont en arc-en-ciel. Le chauffeur a tout de suite compris : il a dirigé son bus vers la route multicolore et a rejoint la terre ferme ! affirme-t-elle, avant de rajouter avec orgueil : Voilà comment j'ai sauvé tout le monde.

KLING-KLING !

CLAP ! CLAP ! CLAP !

— Génial ! Tu as un sacré don, ma cousine.

— Merci, merci.

— Et tu n'as jamais pensé à écrire des contes ou des fables ? Parce que tu as une imagination fabuleuse, lui dit-il malicieusement.

— Mais je n'ai rien inventé du tout, ça s'est passé exactement comme ça ! s'indigne Alba.

KLING-KLING !

Breizh la regarde alors droit dans les yeux.

— Tu te rappelles quand Merlin et toi avez joué à qui en savait le plus sur ces formidables créatures ? Tu as toi-même dit qu'elles apparaissaient uniquement le jour de la fête de l'Imbolc, c'est à dire aujourd'hui, le 1er février.

— Et alors ?

— Tu viens de me dire que ton histoire se passait en automne et nous en sommes loin. Comment expliques-tu ça ?

— Heu… C'est... C'est parce que je suis la reine des licornes. J'ai le pouvoir de les faire surgir quand je veux !

KLING-KLING !

— Eh bien vas-y, demande-leur de venir tout de suite, je n'en ai jamais vues en vrai.

— Non… Parce qu'elles sont fatiguées en ce moment et je ne veux pas les déranger.

KLING-KLING !

— Très bien dans ce cas, explique-moi une autre chose : en voyant le T-shirt de la petite Lina, tout à l'heure, tu as dit que les deux licornes d'Écosse étaient toujours reliées par une chaîne d'or. Alors comment as-tu réussi à n'en chevaucher qu'une seule pour sauver le bus ?

— Quoi ? Mais, je… Je ne mens pas !

KLING-KLING-KLING !

— Je suis vraiment leur maîtresse et elles obéissent à tous mes ordres !

KLING-KLING-KLING-KLING !

— Alba, je crois que j'ai compris d'où vient ce tintement métallique : c'est le bruit des chaînes de ces fabuleuses faiseuses d'arc-en-ciel. Les licornes détestent ce qui n'est pas pur et à chacun de tes mensonges, elles essaient de te prévenir d'arrêter. Mais tu refuses de les entendre.

À ces mots, la Celtigane reste sans voix. Alors il ajoute :

— Pourquoi ne dis-tu pas la vérité ? Qu'est-ce qui te fait si peur ?

— Tu… Tu racontes n'importe quoi, juste parce que tu es jaloux de ne pas en posséder comme moi.

KLING-KLING !

Puis, elle lance une dernière phrase avant de s'en aller :

— Je te déteste des orteils jusqu'aux orei… Non, bien plus que ça en fait. Je te déteste du bout des pieds jusqu'au bout du nez !

De mémoire de Celtigans, on n'avait jamais entendu une telle injure entre deux lutins.

Breizh ne lui en veut pas, il sait qu'il a touché juste, mais ça l'attriste terriblement car il aime sa cousine… Être le gardien du Cœur de la Table Ronde n'est pas aussi simple qu'il l'espérait. Mais il sait au fond de lui avoir fait ce que l'Enchanteur attendait de son disciple.

Chapitre 9

Le bon phare breton

Le vent souffle si fort désormais qu'Alba craint que la crinière de son casque ne soit arrachée. Pleine de fierté, elle a décidé de continuer seule la quête pour prouver à Breizh et à Merlin qu'elle n'est pas la menteuse qu'ils croient… Et qu'elle a bien le cœur d'une véritable héroïne!

— Si je ne trouve pas où les vagues jouent à cache-cache, impossible de retrouver la Table…

Elle cherche partout, fait des petits bonds, regarde dans chaque creux et recoin, mais elle ne voit rien. La mer, de plus en plus déchaînée, éclate sur les rochers et le granit est devenu très glissant. La Celtigane doit aussi faire attention aux flaques de pétrole, bien plus grandes et plus nombreuses à présent.

C'est alors que son regard se pose sur le phare de Mean Ruz. Et si elle prenait un peu de hauteur ? Voilà peut-être la solution.

— Ça glisse, ça glisse !

Vue d'en bas, l'idée lui semblait très bonne ; maintenant qu'elle a grimpé à plusieurs mètres du sol le long du solide phare de Ploumanac'h, elle n'en est plus aussi sûre. Il faut dire que les bourrasques projettent la pluie si fort sur la petite Écossaise qu'elle a l'impression d'être piquée par une multitude d'insectes.

— Oh, mais là, à droite… J'ai l'impression que c'est la fin de la racine que Breizh a fait pousser de la rosace ! Ça veut dire que le morceau de la Table doit être juste en dessous !

Folle de joie, elle se laisse glisser le long de la paroi et court jusqu'à ce bout de bois dont ils avaient perdu la trace.

— Ouiii ! C'est bien ça !

Lorsque, tout à coup, il lui semble entendre hennir dans la tempête.

— Les… Les licornes ?

Elle se retourne et découvre en réalité le poulain blanc, qui a retrouvé sa trace. Il lui fait un grand sourire, ce qui n'amuse pas du tout Alba.

— Qu'est-ce que tu fais là ? Ne m'approche pas. Va retrouver ta famille !

Mais l'animal joyeux s'approche en sautant maladroitement de pierre en pierre.

Pour lui échapper, la jeune fille descend le long de la paroi. Malheureusement, elle se retrouve coincée entre d'immenses vagues qui se brisent tout autour d'elle. Il y a aussi tellement d'écume qu'elle ne voit presque plus où mettre ses pieds. Elle fait un pas dans le vide et tombe sur un rocher encore un peu plus bas. Là, des flots tumultueux s'apprêtent à se déverser sans lui laisser aucune chance. Par réflexe, la Celtigane ferme les yeux et met ses bras devant elle pour se protéger. Tout à coup… plus rien.

— Que... Que s'est-il passé ?

C'est comme si l'énorme remous avait tout simplement disparu. Elle voit une autre masse d'eau, encore plus haute, se lever en face d'elle. Cette fois, elle veut comprendre et garde les yeux bien ouverts.

WOUSSSHHH !

La mer a été aspirée juste là, sous ses pieds !

— Youpiii ! Ça y est, j'ai trouvé la cachette ! exulte Alba.

Lorsqu'elle se penche pour mieux regarder, elle voit une grande faille dans la roche où toute l'eau disparaît comme par magie. Néanmoins, le trou est trop sombre pour qu'elle distingue quoi que ce soit dedans. Elle n'est pas arrivée si près du but pour échouer... C'est alors qu'elle aperçoit en contrebas un petit refuge épargné par le fracas maritime.

— C'est… C'est pas possible… Je vais être chevaleresse ! s'exclame-t-elle en voyant, juste en face d'elle, quelque chose d'incroyable : une énorme boule de granit rose reposant sur une dalle creuse. Un peu comme une perle au milieu de son huître. Comme l'avait prédit papy Luhann, c'est quelque chose de tout rond !

— Il faut que j'aille voir ça de plus près, ce que je cherche est sûrement à l'intérieur.

La fille des Highlands a beau sauter comme un écureuil, c'est un gouffre qui la sépare de son trésor. De plus, elle ne peut pas prendre d'élan. Pourtant, elle n'hésite pas une seconde et se jette les mains en avant… Lorsqu'elle atteint la paroi, celle-ci est extrêmement glissante et elle ne réussit pas à s'y accrocher.

— AAAAAAHH !

Elle plonge, plusieurs mètres plus bas, dans une gigantesque cuvette remplie d'eau en furie. La petite Celtigane est ballotée violemment dans tous les sens, comme si elle était sur les pires montagnes russes du monde. Elle boit la tasse plusieurs fois et n'arrive pas à nager jusqu'à la paroi.

— Au secours ! Breizh, sauve-moi !

Prisonnière des remous, elle sent ses forces diminuer et prend peur.

Soudain, un gros PLOUF ! résonne dans la caverne. Ce n'est pas son cousin, comme elle l'espérait, mais le tout jeune cheval qui a plongé pour la secourir.

— Non, va-t'en ! Laisse-moi tranquille !

L'animal est surpris par sa réaction, mais voyant que son visage disparaît sous l'écume, il s'approche quand même et saisit une de ses tresses blondes du bout de ses quenottes.

Elle avait légèrement perdu connaissance mais, se sentant tirée par les cheveux, elle se réveille et réalise que l'animal tente de la sauver. À bout de force, elle s'accroche à lui.

Le poulain a réussi à rejoindre la paroi, mais ses sabots ne sont pas fendus comme ceux des chèvres et il n'a pas leur talent de grimpeuses. Il réussit tout de même à se hisser sur une dalle ; les voilà au moins hors de l'eau.

Il regarde vers le haut et la sortie de cette grotte semble impossible à atteindre, mais il ne se décourage pas pour autant. Il réussit à franchir une marche supplémentaire, puis une autre. Celle d'après semble beaucoup plus escarpée et il hésite, d'autant plus qu'il n'a pas l'habitude d'avoir quelqu'un accroché à son cou.

— Je vais descendre, comme ça tu auras une chance d'y arriver… Et puis tu pourras aller chercher mon cousin, tu as compris ? chuchote Alba, épuisée.

Le poulain ne veut pas l'abandonner : il s'élance ! Trois de ses pattes se sont posées au bon endroit, mais la quatrième a dérapé au moment de prendre son appui… C'est de nouveau la chute.

La fraîcheur de l'eau a réveillé la Celtigane, qui a pu reprendre un peu de forces quelques minutes. Cette fois, c'est elle qui nage vers l'animal et l'encourage.

— Viens, il faut réessayer.

Ensemble, ils rejoignent leur premier abri, quand ils aperçoivent devant eux des branches de chênes. Avec une souplesse étonnante, elles viennent s'enrouler autour d'eux et commencent à les hisser.

— Tenez bon, je suis là !

Breizh a entendu les appels au secours de sa cousine et s'est positionné au niveau de la boule en granit afin de la secourir plus facilement.

Maîtrisant de mieux en mieux le pouvoir de l'AkenOr, il n'a aucun mal à les remonter.

Une nouvelle vague s'engouffre pourtant dans la cavité et s'abat sur Alba qui s'accroche de toutes ses forces à son compagnon à crinière.

Plus que deux mètres… Plus qu'un…

Ils sont sauvés.

Chapitre 10

Poulain pour tous...

— Merci beaucoup, cousin, dit Alba avec une émotion qu'elle ne montre jamais d'habitude.

— Heureusement que tu m'as appelé, parce que je t'avais perdu dans la tempête, lui répond-il. Mais je pense que c'est ton nouveau compagnon que tu devrais remercier surtout, c'est lui qui t'a sauvé.

Au lieu de sauter au cou de l'animal comme Breizh s'y attend, elle baisse les yeux.

Fatigués par tous ces efforts, ils reprennent leur souffle à l'abri dans leur caverne tandis que hurlent les vents au-dessus de leurs têtes.

— Dis-moi, tu as dû passer des épreuves aussi difficiles que ça pour devenir le gardien de la Nouvelle Table Ronde ?

— Oui !

— Alors, n'ai-je pas mérité de devenir une chevaleresse, maintenant que j'ai retrouvé une de ses parties cachées ?

Le lutin aux cheveux bleu hésite à répondre et trouve une échappatoire en esquissant un sourire gêné.

— Tant que la boule de granit n'est pas ouverte, la quête n'est pas terminée, n'est-ce pas ?

La Celtigane tente de dissimuler sa déception en entendant cette réponse.

— D'accord, voyons comment on peut faire.

En cherchant un verrou tout autour de la sphère, ils aperçoivent un cercle gravé d'un dessin de triquetra.

— Regarde, on peut appuyer là ! s'exclame-t-elle.

— Ça ne fonctionne pas.

— Attends, il y en a un autre de ce côté… C'est un triskel !

— Essayons d'appuyer en même temps, dit le poulpiquet.

— Non, toujours rien.

Breizh aperçoit le poulain en train de gratter du sabot l'arrière de la boule, où il découvre un troisième symbole avec un trèfle à quatre feuilles. Puis, à l'opposé, un tout dernier avec un cœur. Le problème, c'est que les Celtigans sont bien trop petits pour pouvoir appuyer sur les quatre dessins en même temps. Mais, jamais à court d'idées, le lutin profite de la taille du jeune cheval pour que celui-ci enfonce les deux autres boutons en même temps qu'eux.

Toujours souriant, l'animal pense que c'est un jeu et retire immédiatement ses pattes dès que Breizh les positionne sur les cercles. C'est un véritable casse-tête.

— Laisse-moi faire, cousin.

Agacée et poussée par l'envie d'en finir, Alba prend les choses en main. Étonnamment, cette fois le poulain se laisse faire et ne bouge plus du tout.

— Prête à actionner les deux autres boutons ? À trois… deux… un… *go !*

KRRRROOK !

La boule se brise en deux et libère le trésor qui est en son centre : une des douze parties de la Table Ronde, cachée au Moyen Âge !

L'ouvrage en bois et en cuivre possède, incrusté en son milieu, un bouclier de la même forme que celui de Breizh. En revanche, son contour est fait d'or et le blason est très différent : on y voit les sept couleurs de l'arc-en-ciel se rejoindre en spirale.

— On a réussi ! On a réussi !

C'est une explosion de joie qui résonne dans la grotte et les Celtigans se tombent dans les bras. L'animal les regarde, amusé, mais n'ose toujours pas retirer ses sabots des deux endroits où Alba les a positionnés.

— Alors cette fois, c'est bon ? Je fais partie de l'aventure avec toi, hein ? demande la fille aux yeux bleus pétillants d'impatience.

Le poulpiquet redoutait cette question, mais il doit lui dire la vérité.

— Si ça ne tenait qu'à moi, je t'aurais fait chevaleresse dès le première seconde, mais Merlin m'a confié une grande responsabilité. Je dois désigner, sans me tromper, qui a le droit ou non de s'asseoir autour de la Table.

Sa cousine se crispe.

— Tu es au moins aussi courageuse que moi, Alba, et tu

cours même plus vite et saute plus haut. Mais tant que tu ne sauras pas dire la vérité, je ne pourrais pas avoir totalement confiance en toi. Tu comprends ?

Cette fois, au lieu de laisser jaillir sa colère, elle tombe à genoux et sanglote :

— Oui, snif… Je comprends. C'est vrai, j'avoue que je mens depuis toujours, je ne suis pas la reine des licornes. En réalité, je n'ai jamais osé les appeler, snif !

— Mais pourquoi ? Tu les aimes tant et les connais par cœur ! Qu'est-ce qui te fait si peur ? s'étonne le lutin.

— Si je ne les ai jamais invitées le jour de l'Imbolc, snif, c'est parce que j'ai…

PLOTCH ! VLOUTCH ! SPLATCH !

— C'est quoi ce bruit ?! s'interrompt-elle.

— Regarde, l'eau remonte à toute vitesse ! réalise Breizh.

— Comment est-ce possible ?

— Elle est presque entièrement noire… C'est le pétrole ! Il doit boucher le siphon qui permet à la grotte de se vider. Il ne faut pas rester ici, fuyons vite !

— Et le morceau de Table ? On ne peut pas le sortir ! s'inquiète la Celtigane.

— Il faut y arriver ! Maintenant qu'il n'est plus protégé par le granit, la mer risque de l'emporter à tout jamais.

Ils essaient désespérément de le déplacer, mais il est extrêmement lourd. Le poulpiquet active l'AkenOr, de jeunes pousses de chêne se transforment en branches solides qu'il utilise pour le soulever. L'eau noirâtre leur arrive désormais aux pieds et augmente leur panique… Le lutin rate une pirouette de son sceptre et la Table se coince en travers de la sortie.

— Non, non ! C'est pas vrai !

Le Celtigan sent la colère monter en lui et il sait très bien que s'il n'arrive pas à se calmer, il sera privé de son pouvoir et l'AkenOr disparaîtra pour un moment. Par désespoir, il s'écrie :

— Si seulement la Table pouvait être plus petite de quelques centimètres, elle passerait sans problème !

À ces mots, tous deux voient le meuble réduire de taille, comme par enchantement.

— Cousin, on dirait que que tu n'es pas seulement capable de faire grandir le chêne, tu peux aussi le réduire…

— Génial ! Je ne le savais pas !

Il se concentre et fait rapetisser la Table jusqu'à ce qu'il puisse la porter sous le bras.

— Sortez vite ! s'écrit-il.

Les remous sont tels qu'ils reçoivent sur eux des galettes noires et visqueuses.

Breizh fait tournoyer une dernière fois son bâton pour créer une passerelle en bois qui leur permet de traverser jusqu'au promontoire.

Les voilà de nouveau dehors : les éléments sont déchaînés comme jamais ; la pluie, le vent, les vagues semblent se bagarrer entre eux.

— Nous n'avons pas le choix, nous devons traverser la côte et nous abriter dans la forêt ! hurle Alba pour se faire entendre.

— Le phare est plus près ! À cause des éclairs, ce sera moins dangereux que de nous cacher sous un arbre, répond le lutin.

— Tu as raison, on fonce !

Chapitre 11

Marée noire, c'est noir... Il n'y a plus d'espoir !

L'Écossaise fait la course en tête, bondissant de rocher en rocher, se laissant glisser sur chaque dalle en pente et esquivant les taches sombres de plus en plus nombreuses et étendues. Le poulain, lui, n'est pas du tout à l'aise sur le granit à cause de ses sabots. Il avance lentement tandis que Breizh reste à ses côtés et l'encourage, surpris que sa cousine ne les attende pas. D'autant que l'animal n'a pas hésité une seconde à se jeter à l'eau pour la secourir.

— Aaaïïïe !

La Celtigane vient de pousser un grand cri, elle se tient la cheville.

— Qu'y a-t-il, Alba ?

À cause d'une grosse bourrasque, elle a été déséquilibrée à la réception d'un saut. Son pied s'est coincé entre deux blocs et elle a entendu un vilain craquement.

— Relève-toi, il faut absolument qu'on rejoigne Mean Ruz, lui dit le lutin.

— J'ai trop mal, je ne peux plus poser le pied par terre.

— Oh non! Essaie de t'appuyer sur moi.

— Aïe! Aïe!

Tout à coup, le poulain se met à hennir, comme pour dire: « Hé! Je suis là, moi. »

Le Celtigan comprend le message.

— J'ai une idée: tu vas grimper sur notre nouvel ami.

L'animal trépigne de joie, puis abaisse ses jambes avant pour que la jeune fille des Highlands puisse le monter, mais elle se fige complètement.

— Qu'est-ce qui t'arrive? Vas-y, chevauche-le! Il n'y a pas de temps à perdre.

La tête baissée, elle fait de tout petits hochements pour dire non.

— Quoi? Mais pourquoi tu ne veux pas?

Elle rouvre ses paupières et regarde son cousin droit dans les yeux.

— Tout à l'heure, je n'ai pas eu le temps de finir de te dire pourquoi je n'ai jamais demandé aux deux licornes d'apparaître. C'est parce que j'ai peur… Peur de les monter! dit-elle attristée, avant de poursuivre: Et il n'y a rien de pire pour quelqu'un qui se prétend leur reine.

— Mais, comment ça se fait? interroge le Celtigan.

— Le sauvetage du bus à Eilean Donan ne s'est pas vraiment passé comme je te l'ai raconté, avoue-t-elle. Il y a un magnifique cheval qui vit près du château, et je rêvais tellement de grimper sur une licorne que j'ai pensé, à l'époque, qu'il fallait que je m'entraîne avant. Je lui ai parlé pendant plusieurs jours et lui ai amené des morceaux de pommes pour qu'on devienne amis. Et puis, un matin, je lui ai demandé si je pouvais le chevaucher. Avec son regard, il m'a dit « oui ».

— Tu ne veux pas attendre qu'on soit à l'abri dans la tour pour me raconter tout ça ? la presse-t-il.

— Non, cette fois, laisse-moi aller au bout, s'il te plaît. Quand je suis montée sur son dos, ça a été magique, si naturel… J'ai tout de suite su que je voudrais faire ça toute ma vie. Et puis, j'ai voulu ressentir encore plus de vitesse que lorsque je cours. Je l'ai lancé au trot, puis au galop.

Captivé par le récit, le poulpiquet se tient à un rocher pour ne pas être emporté par l'ouragan.

— Je n'ai jamais ressenti autant d'harmonie avec ma belle nature d'Écosse qu'à ce moment-là. Sans m'en rendre compte, nous avons traversé la route des géants-piétineurs… C'est là que le cheval a percuté le bus de touristes venus visiter le château.

— Non !

Breizh n'a pu retenir ce cri du cœur.

— Je l'entends encore hennir de douleur. Moi, je suis

tombée sans me faire mal, mais une de ses jambes avant s'est brisée.

Pendant ce temps, le poulain joue à essayer de mordiller sa crinière, ballottée par les embruns.

— Ne t'inquiète pas, ils ont réussi à le sauver et il m'a fait comprendre qu'il ne m'en voulait pas. Voilà, tu sais pourquoi depuis j'ai peur, pas pour moi, non… J'ai peur de blesser les licornes si elles acceptaient que je les monte.

Le Celtigan est triste pour sa cousine et s'en veut aussi de l'avoir prise pour une simple menteuse.

— Je comprends, Alba, mais ce n'était pas de ta faute, c'était un accident ! Tu ne peux pas t'interdire de partager un jour des moments encore plus merveilleux avec ces créatures fantastiques à cause de ça.

Il a touché juste, une fois de plus. La Celtigane se redresse pour lui répondre :

— De toutes façons, elles ne répondront jamais à mon appel, après tous mes mensonges.

— Si tu montes sur ce poulain, en tout cas, tu prouveras que tout ça est derrière toi. C'est un bon début.

Soudain l'animal ouvre de grands yeux terrifiés en regardant derrière Breizh. Une vague gigantesque, plus noire que la nuit, s'est formée au large et approche avec rage.

— Allez jusqu'au phare et grimpez le plus haut possible.

Moi, je vais essayer d'arrêter ce poison qui veut infecter toute la côte de Granit rose! s'écrie le poulpiquet.

Le jeune cheval attrape une des couettes d'Alba du bout des dents pour lui faire comprendre de monter sur son dos.

— Tu ne renonces jamais, toi? On se ressemble en fait, tous les deux. Allez, en route pour le phare.

Et, pour la première fois, elle lui sourit.

Breizh est reparti vers le rivage et, même s'il est toujours le plus courageux des Celtigans, il a un pincement au cœur face à ce mur aquatique qui se dresse à quelques dizaines de mètres de lui. Il se concentre sur son bracelet, brandit l'AkenOr et convoque toute l'énergie magique de la forêt de Brocéliande. Sous ses ordres, des centaines de branches sortent de terre et s'entrelacent. Il les fait grossir comme des troncs pour qu'ils soient les plus résistants possible et qu'ils forment une véritable muraille végétale.

— Ça marche! jubile-t-il.

Mais une seconde vague arrive, encore plus grosse que la précédente.

Au même moment, Alba et le poulain atteignent le phare. En trois coups de sabot, l'animal fait sauter le verrou, puis monte toutes les marches avec sa cavalière sur le dos.

Arrivés au sommet, ils découvrent que Breizh est en grande difficulté.

Il a beau user de toute son énergie, les entrelacs celtiques qu'il forme ne sont pas assez solides et commencent à casser les uns après les autres.

— Si seulement j'avais eu le temps de m'entraîner à faire des nœuds parfaits grâce au *Carnet de Knots* de Zalex! déplore-t-il encore.

Chaque nouvelle brèche fait jaillir le liquide noir et puant qui souille encore plus la côte. Ça le met si en colère qu'il ne se contrôle plus et la laisse éclater. Et ce qui devait arriver arrive: il se voit privé de son pouvoir sur l'AkenOr! Son sceptre disparaît.

Les remparts se rompent, désormais dépourvus de la magie de Brocéliande, ce qui provoque un raz-de-marée noir. Breizh a juste le temps de s'enfuir avec le morceau de Table sous le bras, et réussit à atteindre un des rochers qui n'a pas été submergé. Là, il tente de reprendre son souffle et ne voit pas se rapprocher une vague deux fois plus grosse que les précédentes, un monstre terriblement sombre, venu pour tout dévorer sur son passage.

Cette fois, tout semble perdu...

Chapitre 12

Le galop des galets

— Breizh ! Breiiizh !

Alba a beau lui faire de grands signes et l'appeler de toutes ses forces, son cousin est trop loin. Elle l'a vu perdre son bâton couronné du gland d'or, et sait qu'il doit beaucoup s'en vouloir de ne pas avoir su calmer sa colère. Lui qui souhaite tant briller aux yeux de l'Enchanteur risque de le décevoir.

Mais comment l'aider, à présent qu'elle n'a qu'un seul pied valide ? Même si elle pouvait encore courir, elle n'aurait pas le temps d'atteindre son cousin pour le prévenir.

Tout à coup, elle aperçoit l'immense montagne d'eau noire s'avancer. C'est comme si cette vague contenait tout le reste du pétrole que le bateau transportait dans ses cuves.

Et elle va polluer les lieux pour des mois, ou des années.

« *Je vais essayer d'arrêter ce poison qui veut infecter toute la côte de Granit rose…* »

Cette dernière phrase prononcée par le lutin celtique résonne encore aux oreilles d'Alba.

Depuis le début, elle connaît la solution : il n'existe que deux créatures capables de purifier tout ce que leurs cornes touchent, et aujourd'hui est le seul jour de l'année où elles peuvent apparaître.

La jeune Écossaise respire un grand coup.

— Pureté, Innocence, acceptez-vous de me rejoindre, s'il vous plaît ?

Une boule de lumière violette apparaît devant la Celtigane. La lueur commence à faire doucement une ronde autour d'elle. Le poulain, très surpris, essaie de lui donner un coup de dents, sans succès. Une seconde sphère s'illumine, indigo cette fois. Elle aussi s'anime, dans le même sens que la première. Puis une troisième, d'un magnifique bleu cyan. Les quatre autres couleurs de l'arc-en-ciel, vert, jaune, orangé et rouge en font de même. « C'est merveilleux ! » pense-t-elle tandis que la danse lumineuse s'emballe face à elle.

Isolé sur son caillou, Breizh remarque les rayons multicolores qui s'échappent du haut du phare, comme un feu d'artifice silencieux.

— Mais qu'est-ce que c'est que ça ?

Il voit alors, juste à côté de sa cousine, deux formes blanches se dévoiler. Jamais il n'avait vu de créatures aussi belles… Les licornes sont là !

Le poulpiquet n'a pas le temps de s'émerveiller, car il entend un immense grondement derrière lui. La marée noire géante s'abat si fort sur toute la côte qu'une vague submerge tous les rochers et fonce vers le sien. Il a juste le temps de s'agripper à son morceau de Table Ronde avant d'être emporté.

Au sommet de Mean Ruz, la Celtigane tend les paumes de ses mains vers les visages de celles qui ont toujours peuplé ses rêves.

— Pardonnez-moi d'avoir autant menti, je ne veux pas être votre reine, juste votre amie.

Les licornes penchent leurs têtes en avant et embrassent ses mains. C'est leur signe pour montrer qu'elles acceptent.

L'une d'elles fléchit sa jambe droite et tend l'autre en avant pour s'incliner afin que la fille des Highlands grimpe sur son dos. La seconde, regarde avec une infinie bienveillance le jeune poulain. On devine dans le sourire admiratif de celui-ci qu'il aimerait leur ressembler plus tard.

Alba s'assied sur sa monture, elle ressent très fort toute l'énergie qui habite ce corps si pur. Elle aimerait ne plus jamais redescendre de là. Soudain elle réalise qu'autour d'elle, le bruit de la tempête a totalement disparu : voilà un

pouvoir dont personne n'a jamais parlé avant. Ce silence lui permet d'entendre les appels au secours de Breizh.

Debout en équilibre sur la table, le Celtigan s'improvise surfeur. La peur au ventre à l'idée de tomber dans le liquide visqueux, il est porté par le courant. Heureusement, un bruit familier se rapproche.

KLING-KLING-KLING-KLING-KLING !

Il lève la tête et ce qu'il découvre le fascine.

— Tiens bon cousin, j'arrive ! lui hurle l'Écossaise.

— Alba, tu… tu…

Il n'arrive pas à terminer sa phrase tant le spectacle l'émeut. Les deux créatures bondissent avec grâce et sans le moindre bruit de rocher en rocher. Seul tinte le bruit de la chaîne d'or qui les relie par le col.

En pleine course, le Celtigan est soulevé comme une plume et mis sur le dos de la seconde monture. Puis, ensemble, ils s'élancent vers la plus haute roche du site et s'y posent.

— Qu'est-ce qu'on fait maintenant ? interroge le lutin, désolé de voir le paysage entièrement recouvert de l'horrible matière.

— Ça te dirait de voir une côte de Granit arc-en-ciel ? répond sa cousine avec un large sourire.

Elle fait se cabrer les créatures, qui projettent de leurs cornes d'or torsadées deux puissants rayons lumineux. Ceux-ci transpercent les épais nuages gris-bleus pour laisser apparaître les rayons du soleil, sur le point de se coucher. La magie de la lumière rencontrant les gouttes de pluie opère : une arche multicolore se dévoile.

Les licornes se lancent alors au galop et l'entraînent à leur suite. Partout où elles passent, le pétrole se dissout. À chacun de leurs pas, le violet, l'indigo, le bleu, le vert, le jaune, l'orangé et le rouge tapissent chaque rocher, se glissent dans chaque cavité et purifient la mer.

Après plusieurs heures de cavalcade tout le long du littoral breton, ils sont de retour en haut du Mean Ruz. Dans quelques instants, le jour de la fête de l'Imbolc sera terminé et les licornes disparaîtront.

L'émotion qu'il aperçoit dans le regard d'Alba laisse son cousin sans voix.

Une nouvelle fois, elle tend les paumes de ses mains à ses nouvelles amies, et elles les embrassent. La jeune Celtigane baisse la tête, car elle est très triste de les voir partir.

— Cousine, regarde ! Que font-elles ? demande Breizh, en lui posant la main sur l'épaule.

Les superbes créatures rejoignent les pointes de leurs cornes et une lueur aussi douce qu'intense en jaillit. Elles déposent alors la perle de lumière sur le front du poulain, et il se produit une chose incroyable : une toute petite corne en or se met à lui pousser. Ses sabots aussi se transforment,

ils deviennent fourchus. Quant à sa queue, elle perd de son panache pour mieux gagner en vitesse à la course. Le voilà devenu un des leurs… en miniature.

Cette métamorphose est un cadeau d'adieu pour l'Écossaise. Désormais, elle aura à ses côtés sa propre licorne.

— Merci ! C'est trop gentil, leur dit-elle tandis que les deux créatures de légende deviennent de plus en plus transparentes, jusqu'à se volatiliser.

Alba regarde sa nouvelle amie et devine déjà qu'ensemble, elles vivront d'incroyables aventures. Elle la serre très fort contre son tartan.

— Je vais t'appeler Finlay Paden, ça te plaît ?

L'animal semble la comprendre : il hoche la tête dans tous les sens en affichant son plus large sourire.

— Cousine, j'ignorais où nous mènerait ce périple lorsque nous l'avons débuté, mais je t'avoue que je n'aurais voulu vivre ça avec personne d'autre que toi !

Sa colère ayant disparu depuis longtemps, il peut de nouveau matérialiser l'AkenOr.

— Tu as bien l'âme rêveuse, un esprit joyeux, un cœur courageux… et honnête désormais ! lui dit-il, accompagné d'un clin d'œil.

Puis il tapote délicatement sur les épaules et la tête de la Celtigane avec le gland en or.

— Voilà pourquoi, tu mérites largement que je fasse de toi la première chevaleresse de la Nouvelle Table Ronde, lui annonce-t-il, heureux comme jamais.

Mais alors qu'il s'attend à ce qu'elle explose de joie et commente en détail ses propres exploits du jour, Alba se contente de lui adresser le plus beau sourire de sa vie.

— Viens, rentrons à Pommes-de-Pin.

ÉPILOGUE

— Papa ! Papa, viens vite, il faut absolument que tu vois ça !

— Mais que se passe-t-il, Lina ? Il est encore très tôt…

La petite a dû frapper longtemps sur la porte de son père pour le réveiller. Exténué par le nettoyage des rochers la veille, il a du mal à émerger.

— C'est dehors que ça se passe, suis-moi ! insiste son enfant.

Lorsqu'il sort de chez lui, encore à moitié endormi, le père constate que le soleil est revenu et que le vent a totalement disparu. Puis, regardant vers la côte, il n'en croit pas ses yeux, qu'il frotte plusieurs fois : c'est comme s'il n'y avait jamais eu de marée noire ! Pas la plus petite tache de pétrole, tous les rochers ont retrouvé leur magnifique couleur rose.

— Co… Comment est-ce possible ?

— Et tu sais, c'était encore plus beau tout à l'heure, ça faisait comme des reflets arc-en-ciel.

C'est alors qu'il voit dépasser du dos de sa fille un seau avec une brosse dedans.

— Dis-moi, j'espère que tu ne voulais pas retourner nettoyer les rochers toute seule ?

— Heu, non… Pas du tout.

KLING-KLING !

Table des matières

Notice de montage d'une nouvelle partie de la Table Ronde

Matériel : ciseaux, colle.

Découpe soigneusement toutes les formes dessinées sur les rabats de la couverture (et marque au crayon gris, au verso, la lettre qui leur est attribuée afin de ne pas oublier). N'hésite pas à demander l'aide d'un adulte !

1. Le plateau

• Le bord de la Table Ronde : assemblage des pièces D et E.

Replie les pièces D et E aux quatre endroits où tu vois les lignes fines marron foncé. Colle le rectangle marron foncé de la première partie D au dos de la seconde E. Colle ensuite le rectangle marron foncé de la partie E au dos de la partie D. Voilà, tu as un bord de Table Ronde avec beaucoup de pointes !

• Replie vers l'intérieur toutes les pointes triangulaires. Ensuite, colle le dessous (A) et le dessus (B) du plateau. Le plateau de ta Table Ronde est prêt !

2. Le pied de la Table

• Replie les parties C et F en suivant les lignes fines marron foncé, puis les rabats.

Colle les rabats marqués par un point rouge vers l'intérieur de chaque partie.

• Les parties G et H : elles vont venir recouvrir les parties C et F.

Replie les parties G et H au niveau des lignes fines marron foncé, en faisant attention à suivre la forme du « U » des parties C et F.

• Colle tous les rabats marron foncé de la partie G à la partie C, et ceux la partie H à la partie F. Commence de préférence le collage par le creux central.

• Maintenant que les deux parties du pied de la Table sont prêtes, il te faut les assembler. Mets une pointe de colle dans le creux central de l'une des parties et emboîte-les de manière à ce que les deux creux se touchent. Maintiens-les soudées le temps que la colle sèche.

Le pied de ta Table Ronde est prêt ! Il ne te reste plus qu'à assembler le plateau et le pied. Au-dessous du plateau, il y a une croix dessinée au trait marron foncé : mets un peu de colle et colle le pied à cet endroit.

Bravo ! Comme le chevalier Breizh, tu possèdes un nouveau morceau de la Table Ronde. Il ne te reste plus qu'à collectionner les autres parties, qui te seront offertes dans chaque roman des Celtigans. Tu deviendras à coup sûr un chevalier ou une chevaleresse de la Nouvelle Table Ronde… Bienvenue dans la grande quête de l'AkenOr !